A Cher y a Trixie,
que son las primeras en mi libro

Texto e ilustraciones © 2010 de Mo Willems
Traducido por F. Isabel Campoy
Traducción © 2015 de Hyperion Books for Children

Impreso en Singapur
Encuadernación reforzada

Edición primera en español, junio 2015
10 9 8 7 6 5 4 3 2 1
F850-6835-5-15046

Library of Congress Cataloging-in-Publication Data

Willems, Mo, author, illustrator.
¡Estamos en un libro! / por Mo Willems ; adaptado al español por F. Isabel Campoy.
    pages cm
 "Un libro de Elefante y Cerdita."
 Summary: When Gerald the elephant and Piggie realize that they are in a book, they decide to have some fun
with the reader.
 ISBN 978-1-4847-2288-6
 [1. Books and reading—Fiction. 2. Elephants—Fiction. 3. Pigs—Fiction. 4. Humorous stories. 5. Spanish
language materials.] I. Campoy, F. Isabel. II. Title.
 PZ73.W56473   2015
 [E]—dc23   2014024714

Le invitamos a visitar www.HyperionBooksforChildren.com y www.pigeonpresents.com

This title won a 2011 Theodor Seuss Geisel Award Honor for the
English U.S. Edition published by Hyperion Books for Children,
an imprint of the Disney Book Group, in the previous year in 2010.

Un libro de ELEFANTE y CERDITA

Hyperion Books for Children / *New York*   AN IMPRINT OF DISNEY BOOK GROUP

**Adaptado al español
por F. Isabel Campoy**

9

11

¡El lector está leyendo las palabras dentro de estas burbujitas!

¡QUÉ GENIAL!

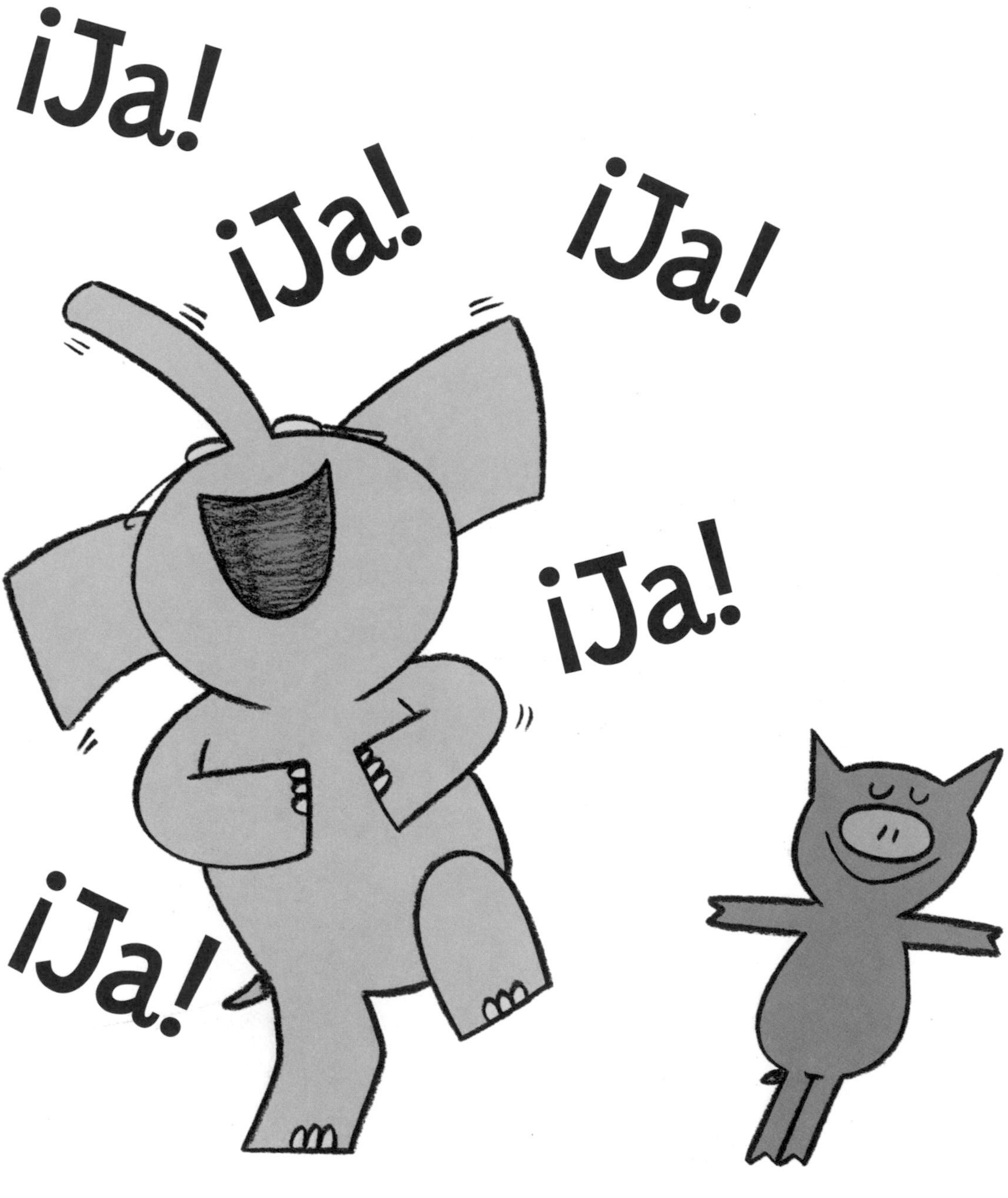
¡Ja!
¡Ja!
¡Ja!
¡Ja!
¡Ja!

Ja

¡Je!

¡Ja!

¡Je!

¡Ja!

¡Ja!

¡Ja!

¡Je!

¡Ja!

¡Ja!

¡Ja!

¡Je!

¡Je!

¡Ja!

¡Ja!

¡Je!

¡Je!

¡Ja!

¡Je!

¡Je!

¡Ja!

¡Ja!

¡Je!

¡Je!

¡Je!

¡Je!

¡Ja!

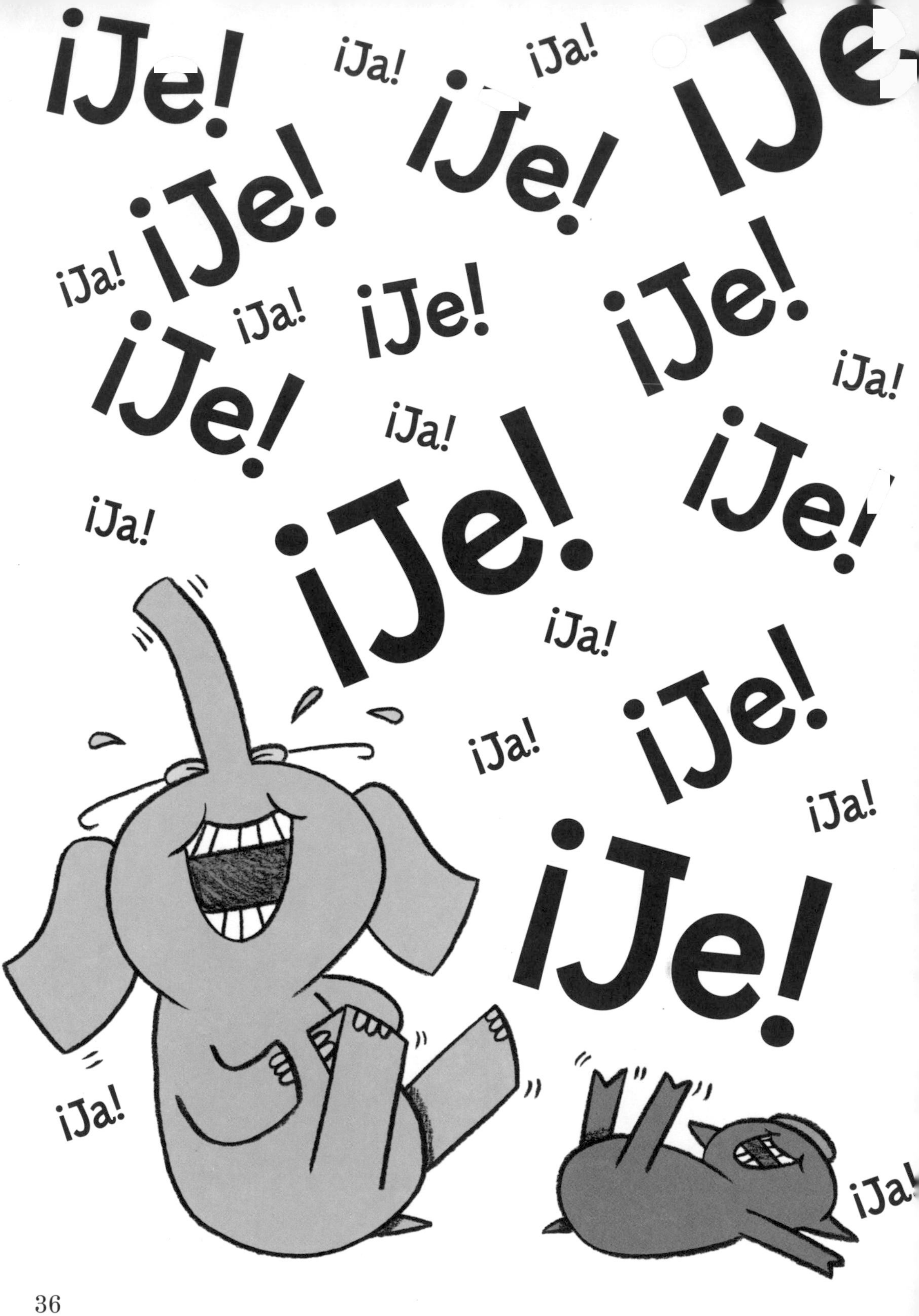
¡Je!
¡Ja!
¡Ja!
¡Je
¡Je!
¡Je!
¡Ja!
¡Ja!
¡Je!
¡Je!
¡Je!
¡Ja!
¡Ja!
¡Je!
¡Ja!
¡Je!
¡Ja!
¡Je!
¡Ja!
¡Ja!
¡Je!
¡Ja!
¡Ja!

¿Quieres hacerlo ahora tú,

Página 57.

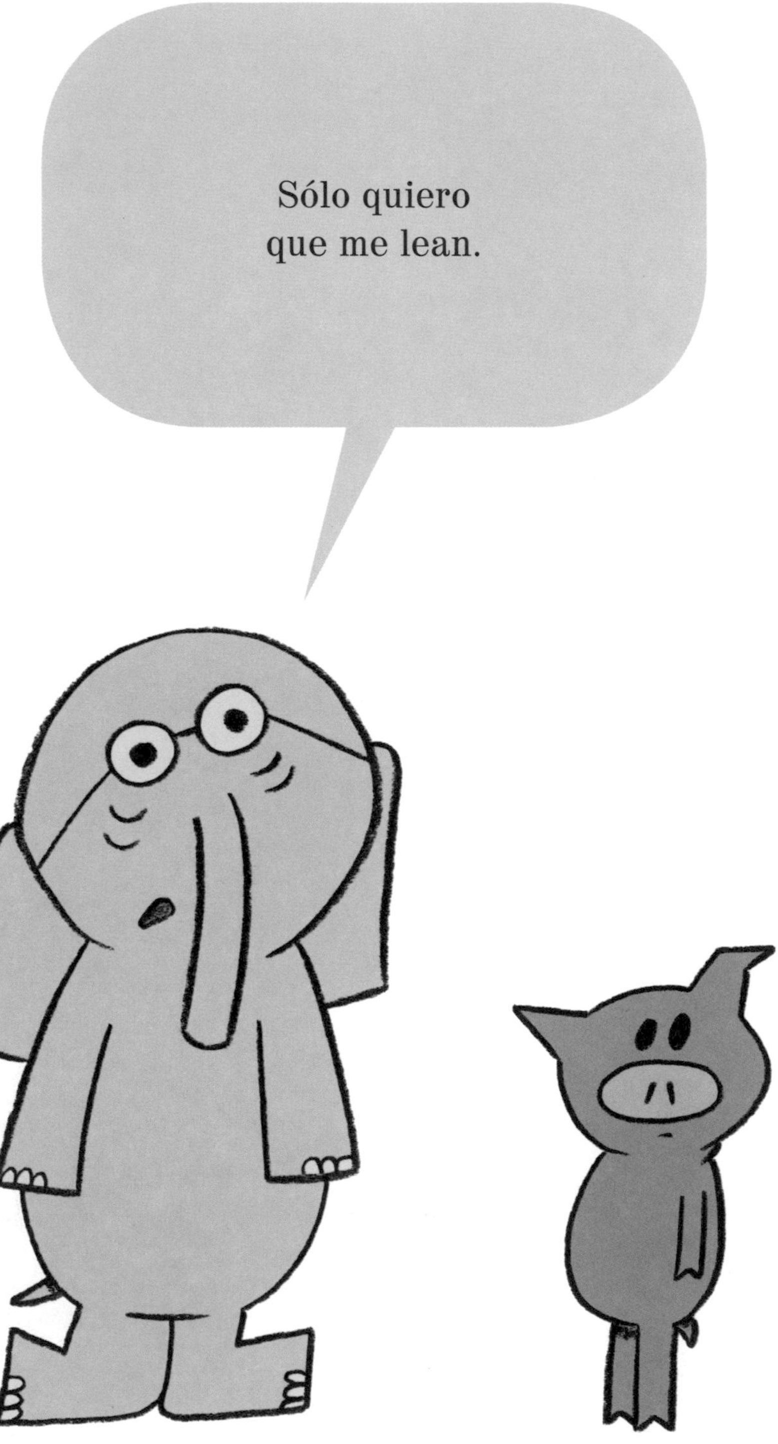
Sólo quiero
que me lean.